U0007304

不要讓恐懼限制你，
你比自己想的還要**勇敢**！

和凱蒂一起，在月光下
展開**精采冒險**！

獻給艾米琳，小可愛，歡迎你。 —— P.H.

獻給媽媽和她的綠手指。—— J.L.

超能凱蒂出任務 ❸ 天空祕密花園
Kitty and the Sky Garden Adventure

文｜寶拉‧哈里森 Paula Harrison　圖｜珍妮‧洛芙莉 Jenny Løvlie　譯｜藍依勤

字畝文化創意有限公司

社長兼總編輯｜馮季眉
責任編輯｜戴鈺娟　美術設計｜蕭雅慧

出版｜字畝文化 / 遠足文化事業股份有限公司
發行｜遠足文化事業股份有限公司（讀書共和國出版集團）
地址｜231 新北市新店區民權路108-2號9樓
電話｜(02) 2218-1417
傳真｜(02) 8667-1065
電子信箱｜service@bookrep.com.tw
網路書店｜www.bookrep.com.tw
團體訂購請洽業務部 (02) 2218-1417 分機1124
法律顧問｜華洋法律事務所　蘇文生律師
印製｜中原造像股份有限公司

2024年3月　初版一刷
定價｜320元　書號｜XBSY0072
ISBN｜978-626-7365-63-2
EISBN｜9786267365519（EPUB）　9786267365502（PDF）
特別聲明：有關本書中的言論內容，不代表本公司 / 出版集團之立場與意見，文責由作者自行承擔。

國家圖書館出版品預行編目(CIP)資料

超能凱蒂出任務. 3, 天空祕密花園/寶拉.哈里森(Paula Harrison)文；
珍妮.洛芙莉(Jenny Løvlie)圖；藍依勤譯. -- 初版. -- 新北市：字畝
文化出版：遠足文化事業股份有限公司發行, 2024.03
132　面；14.8 × 21　公分
譯自：Kitty and the sky garden adventure
ISBN 978-626-7365-63-2(平裝)
873.596　　　　　　　　　　　　　　　113000235

超能凱蒂出任務 3
Kitty 出任務
天空祕密花園

文／寶拉・哈里森 Paula Harrison
圖／珍妮・洛芙莉 Jenny Løvlie
譯／藍依勤

凱蒂
和她的貓咪夥伴

凱蒂

凱蒂天生有著特殊的貓咪超能力，
可是，她準備好跟媽媽一樣，成為超能英雄了嗎？

還好，凱蒂身邊有一群貓咪夥伴
對她信心滿滿，
讓她充分發揮英雄潛力！

小南瓜

流浪小橘貓，
總是全心全意跟隨凱蒂。

費加洛

黑白貓費加洛活力十足，
對城市的街道巷弄瞭若指掌，
隨時都能展開探險。

美美

虎斑貓美美優雅端莊，見多識廣。
一發現有什麼不對勁，
就會馬上連絡凱蒂。

皮皮

小白貓皮皮擅長發現問題，
想像力也超豐富！

1

一一顆顆的星星出現在夜空中。凱蒂在屋頂上，凝視著種在棕色花盆裡的一株小小植物說：「小南瓜，你看，我的向日葵發芽了！」

「它長出兩片葉子了耶！」一隻圓圓胖胖的小橘貓說。

凱帝輕輕觸碰向日葵結實的莖和尖尖的葉子，「我一定要把向日葵加進學校新花園的設計裡面，但我真希望我能想到更多點子⋯⋯」她煩惱的皺起眉頭。

聽到老師向全班宣布，學校

即將為了新建的花園，舉辦花園設計競賽時，凱蒂非常開心。

參賽方法很簡單，只需要在紙上畫下設計圖，再仔細上色就可以了。

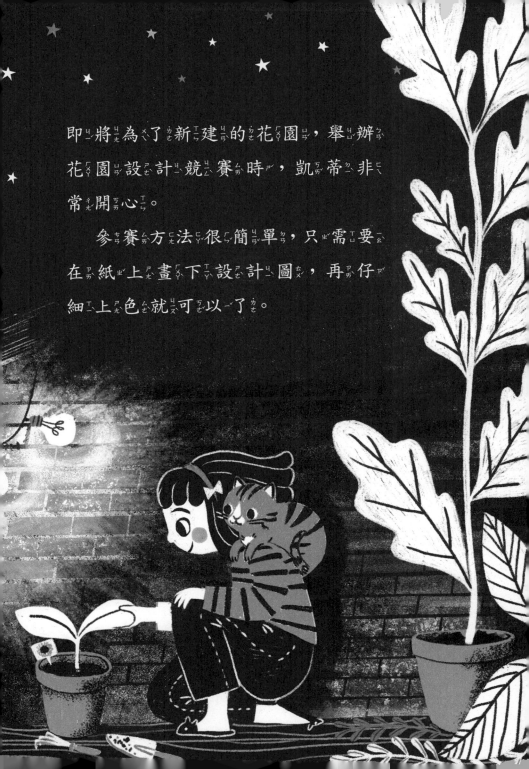

　　老師還建議他們，可以現在就先為新花園挑一種植物來試種。凱蒂選擇了向日葵，因為她喜歡它們美麗的圓臉和火焰般鮮豔的花瓣。

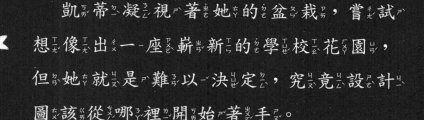

　　凱蒂凝視著她的盆栽，嘗試想像出一座嶄新的學校花園，但她就是難以決定，究竟設計圖該從哪裡開始著手。

夜幕降臨，一輪明亮的滿月高掛天空，銀白色的月光灑落在一棟棟房屋上。凱蒂和小南瓜可以看到哈倫市的街燈在底下眨著眼，遠處還傳來了貓頭鷹呼呼的叫聲。

凱蒂喜歡在月光下活動，因為擁有超能力的她跟貓咪一樣，能輕易的爬上屋頂並保持平衡。

她的夜視超能力也讓她能在黑暗中看得清楚；她還有超能聽力，聽得到來自遠方的聲音。

屋頂是個能讓凱蒂感到自在的地方，晚上當月亮露出臉來，整個世界就會變得閃閃發亮、無比神奇。

　　她很喜歡和小南瓜，一隻幾個星期前才剛被她從鐘塔上救下來的小幼貓，分享這個特別的世界。

　　凱蒂俯身觀察著向日葵盆栽，夜風輕拂過屋頂，盆栽的葉子跟著微微擺動。這時，從屋瓦上傳來輕柔的腳步聲。

　　凱蒂仔細聆聽著，「皮皮，是你嗎？」

「答對了！」一隻有著綠眼睛、毛茸茸的小白貓，從煙囪後方跳了出來。她淺色的毛，在月光下發出淡淡的光芒。「凱蒂，你怎麼知道是我？」

「靠我的超能聽力啊。你的腳步聲比費加洛輕盈，又比美美和克麗歐的急促。」凱蒂笑著回答。

她在哈倫市裡有很多貓咪好朋友，與他們在屋頂上相聚，是她最喜歡的事情之一。

「嗨，皮皮！」小南瓜蹦蹦跳跳的跑到那隻白貓身邊，蹭了

蹭她的鼻子打招呼，「你是來找我們玩的嗎？」

「對呀。」皮皮坦率的說：「因為我突然很想來場冒險任務，接著我就想：誰會是一起出任務的最佳人選呢？那當然非凱蒂莫屬囉！」

凱蒂大笑起來，「你的嘴巴真甜！我剛才正在煩惱，到底要在學校新花園的設計圖中加些什麼。我很想贏得設計競賽，但就是不知道該從哪裡開始才好。」

皮皮邊思索著邊眨眨眼，她甩了甩雪白的尾巴，「我曾經聽說在哈倫市的另一邊，有一座令人驚艷的天空花園。大家都知道那座美麗花園，但是看守花園的老貓非常凶，所以從來沒有貓咪進去參觀過。也許我們可以悄悄靠近，一探究竟，說不定就能帶

給你一些設計花園的靈感？」

「萬一我們被那隻老貓逮到怎麼辦？」小南瓜的鬍鬚緊張得顫抖著。

「所以我們必須保持安靜、小心翼翼，這正是冒險的樂趣啊！」皮皮跳上煙囪，她綠色的眼睛閃過興奮的光芒，「那座花園離這裡不遠，我們一下子就能到！」

「我想去親眼看看！」凱蒂低頭看了看自己的睡衣，「不過我現在的衣服不太適合出任務，等我一下吧！」

凱蒂迅速滑下屋頂，從她房間的窗戶溜了進去。

她從衣櫃裡拿出她的黑色超能英雄裝穿上，接著戴上柔軟的貓耳朵，再將黑色的絲質斗篷圍在脖子上。

凱蒂再度爬上窗臺，月光灑在她身上，她覺得自己的超能力正在增強，興奮的感覺在全身上下流竄。她的夜視力變得清晰，聽力也變得更加敏銳。

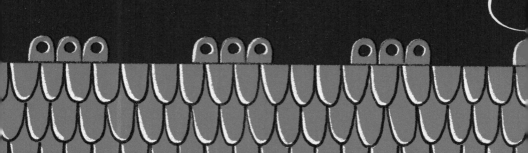

她回到屋頂，對著皮皮和小南瓜微笑，「我準備好了，我們出發吧！」

他們就這樣一起沿著屋頂奔跑。凱蒂臉上洋溢著笑容，跳過一棟又一棟房子，黑色斗篷在她的身後飛舞。

她好喜歡夜風輕撫著臉頰的觸感，還有月光在每扇窗戶上閃爍的美景。

這時，風變強了些，吹得公園裡的樹木紛紛搖晃起來。

皮皮一路帶著凱蒂和小南瓜前進，他們穿過了凱蒂的學校，那裡有一座方形的遊樂場，以及遊戲攀爬網。

凱蒂透過教室的窗戶看見自己的桌椅，還有老師辦公桌上一排削好的鉛筆，整齊排列著，準備迎接第二天的到來。

學校後方的街道上，有塊正在施工的工地。工人們在工地的角落，放了一個大型的垃圾箱，裡

面裝滿了他們準備要丟棄的各種東西。

皮皮不時會停下來嗅嗅空氣，「就是這個方向沒錯，」她喊道：「我能聞到天空花園的香味。」

「我也聞到了！」凱蒂微笑著回應，夜風中飄來的甜香，讓她想起玫瑰花的氣味。

他們一個接一個的跳上一棟公寓大樓的窗臺，接著，皮皮帶領他們走上消防逃生梯。

花香愈來愈濃郁，凱蒂的心跳也不斷加速。

她迫不及待的向前跑去，爬上了寬闊平坦的屋頂四處張望，胃裡興奮得咕嚕咕嚕的冒著泡泡。

　　在這座屋頂上，每個角落都種滿了樹木和花朵，就像一座色彩繽紛的噴泉。

　　各區花圃被圓形石頭鋪成的蜿蜒小徑圍繞，入口處則種了一排白樺樹，它們優雅的銀色枝幹形成了一道拱門。

凱蒂欣喜若狂，她從未見過這麼美麗的天空花園！小南瓜和皮皮也跳上了屋頂，來到凱蒂的身旁。

小南瓜驚訝得靜止不動，他的一雙藍眼睛，睜得就像網球一樣大。

皮皮直直奔向白樺樹的拱門，興奮的喵喵大叫：「太好了，我們找到了！這個地方真棒！」

「太美了！」凱蒂走到樺樹拱門下，抬頭仰望夜空，看見星星在樹枝和葉子交錯而成的間隙中，閃爍著璀璨的光芒。

她繼續往前走，突然間高大鮮豔的向日葵，引起了她的注意。

凱蒂停下腳步，站在這片花圃前，「看看這些向日葵！它們是我見過最大的向日葵了。」

向日葵一共有七株，每一株都比凱蒂還要高，在微風中輕輕的搖曳。

她欣賞著這些向日葵，它們歡欣的臉龐彷彿在對她微笑。

　　凱蒂伸手觸摸離她最近的一株向日葵，柔軟光滑的金黃色花瓣，環繞著粗糙的黑色花盤。

　　凱蒂興奮不已——這座花園的確有一種獨特的魅力，裡面的花草樹木看起來是如此完美，就好像是用魔法種出來的一樣！

2

凱蒂不捨的離開了那些美麗的向日葵，沿著小徑繼續前進。她停下片刻，試圖尋找那隻看守這座花園的凶惡老貓，但是始終沒有看到他的身影。

皮皮興高采烈的搖著尾巴，蹦

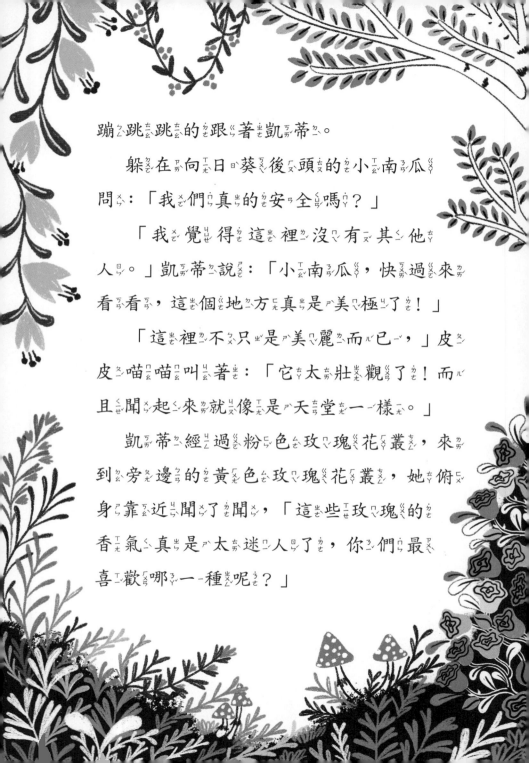

蹦跳跳的跟著凱蒂。

躲在向日葵後頭的小南瓜問：「我們真的安全嗎？」

「我覺得這裡沒有其他人。」凱蒂說：「小南瓜，快過來看看，這個地方真是美極了！」

「這裡不只是美麗而已，」皮皮喵喵叫著：「它太壯觀了！而且聞起來就像是天堂一樣。」

凱蒂經過粉色玫瑰花叢，來到旁邊的黃色玫瑰花叢，她俯身靠近聞了聞，「這些玫瑰的香氣真是太迷人了，你們最喜歡哪一種呢？」

因為沒有得到皮皮和小南瓜的回應，凱蒂便轉過身去尋找他們。這兩隻小貓咪正輪流跳進一叢紫色花叢，腳掌懸空的在裡面來回打滾。

「你們在做什麼？」凱蒂大聲質問：「這裡可不是我們的花

園ㄩㄢ！」

「凱ㄎㄞ蒂ㄉ一，這ㄓㄜ是ㄕ貓ㄇㄠ薄ㄅㄛ荷ㄏㄜ。」皮ㄆ一皮ㄆ一咯ㄍㄜ咯ㄍㄜ大ㄉㄚ笑ㄒ一ㄠ，「我ㄨㄛ沒ㄇㄟ辦ㄅㄢ法ㄈㄚ控ㄎㄨㄥ制ㄓ自ㄗˋ己ㄐ一！」

「嘿ㄏㄟ呼ㄏㄨ！」小ㄒ一ㄠ南ㄋㄢ瓜ㄍㄨㄚ大ㄉㄚ喊ㄏㄢ一一聲ㄕㄥ後ㄏㄡ，再ㄗㄞ次ㄘ跳ㄊ一ㄠ進ㄐ一ㄣ花ㄏㄨㄚ叢ㄘㄨㄥ中ㄓㄨㄥ，繼ㄐ一續ㄒㄩ打ㄉㄚ滾ㄍㄨㄣ。

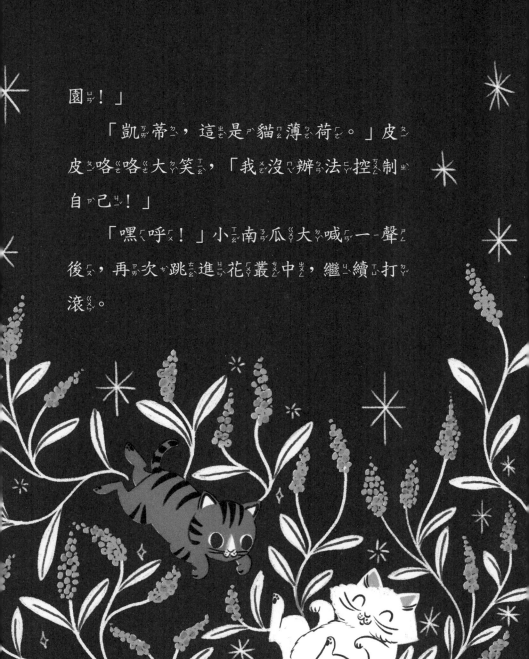

凱蒂趕緊走向貓薄荷叢。她曾經聽說貓咪超愛這種植物，但沒想到它竟然會讓貓咪變得如此陶醉又可笑。

「小南瓜，別滾了！皮皮，停下來！」她對她的貓咪夥伴說：「萬一花園的主人來了怎麼辦？」

「這是怎麼一回事？」一個低沉的聲音響起，「你們不該擅自闖進這個花園，難道你們不曉得這是非法侵入嗎？」

愧疚感在凱蒂的胃裡翻騰，她轉過身去，看見牆上出現一

道有著尖尖耳朵的巨大陰影。

她吞了吞口水，是那隻看守花園的凶惡老貓嗎？

小南瓜嚇得尖叫一聲，趕緊躲到凱蒂的腿後面。

「你們沒有得到允許就隨意進來，這種行為真是讓我失望透頂。」那個聲音憤怒的低吼。

「你說得對，我們應該要先徵求同意！我們只是因為聽說這座花園非常漂亮，所以想來親眼看看。」凱蒂透過一叢叢的花草窺探著那聲音的來源。

窸窸窣窣的腳步聲從灌木叢中傳來，接著一隻有著灰白鬍鬚的老三花貓出現，他不以為然的動了動耳朵。

皮皮這時跳出貓薄荷叢，開始整理自己的尾巴，假裝她一直都表現得很得體。

「你們出現之前，我才正在享受一個愜意安靜的夜晚呢。」老貓不滿的嘟嘟囔囔。

「對不起，我們不是有意打擾你。」凱蒂向他道歉。「我叫凱蒂，他們是皮皮和小南瓜。」但老貓依舊眉頭深鎖，於是她急忙繼續接著說：

「你和你的主人一起住在這裡嗎？」

「沒錯。」老貓用存疑的眼神打量他們三個，「我叫迪哥里，我的主人拉維特夫人，費盡心思打造了這座花園。她花了許多年才讓這個地方變得完美無缺，我不會讓你們這些小壞蛋毀掉一切！」

「我們只是想來看看這個地方，因為我得為學校的新花園畫設計圖。」凱蒂解釋：
「對不起，貓薄荷的味道讓我朋友變得有一點不受控。」

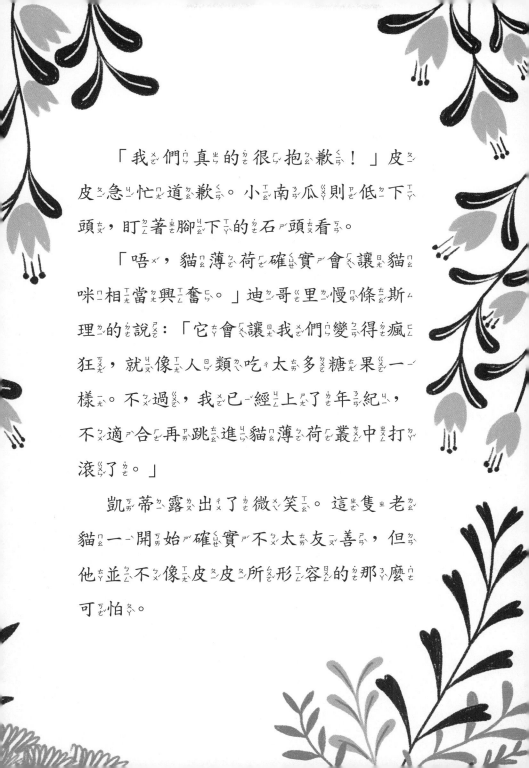

「我們真的很抱歉！」皮皮急忙道歉。小南瓜則低下頭，盯著腳下的石頭看。

「唔，貓薄荷確實會讓貓咪相當興奮。」迪哥里慢條斯理的說：「它會讓我們變得瘋狂，就像人類吃太多糖果一樣。不過，我已經上了年紀，不適合再跳進貓薄荷叢中打滾了。」

凱蒂露出了微笑。這隻老貓一開始確實不太友善，但他並不像皮皮所形容的那麼可怕。

「那麼，你能同意我們再多待一會兒嗎？」凱蒂怯怯的說：「我們保證會小心對待這些植物。這座花園實在太棒了，我很想再看看其他地方。」

「我和主人並不習慣有人來訪，但有時候我們確實覺得有點寂寞，光靠我們兩個照顧這座花園也很辛苦。」迪哥里對他們說：「能夠和對花草感興趣的人分享這個地方，真是太

好了。」他緩慢的轉身，帶領凱蒂他們沿著石頭小徑，繼續往花園深處走去。

「謝謝！」凱蒂興奮的跟著迪哥里，穿過一座被忍冬藤蔓纏繞的拱門花架，甜美的忍冬花香撲鼻而來。

一隻燈蛾在拱門上飛舞，橘黑相間的翅膀如同火焰般閃爍著。

迪哥里在一張雕刻有葉子造型裝飾的美麗木頭長椅旁停了下來，他舉起前掌，指向旁邊生長的一叢白色星形花朵，它們就像小小的燈光，散發出明亮的光芒。

　　他說：「這些春星花，是拉維特夫人最愛的花，她很喜歡坐在這裡，不時抬頭凝望星空。」

　　「春星花，真可愛的名字！」凱蒂說著，突然間，從她頭頂上傳來叮噹作響的樂聲。她驚訝的抬起頭，看見高高的樹上，掛著一串由精緻貝殼製成的風鈴。

微風拂過樹枝，風鈴跟著輕輕起舞，美妙的音符如魔法般在花園中飄蕩，花朵彷彿像是在回應那動人的聲音，紛紛往鈴聲傾近。

　　風鈴不斷搖晃，凱蒂靜靜聆聽，心中充滿感動。上面的貝殼散發出珍珠般的光澤，在月光下閃閃發亮。

　　迪哥里察覺到了凱蒂的視線，他對凱蒂說：「那個風鈴很美吧？它是拉維特夫人最自豪也最心愛的作品，是她用她小時候蒐集的貝殼親手製作的。如果沒有它，我想這座花園不

會這麼有魅力。」

皮皮跳上那棵樹，走向掛著風鈴的樹枝，想要近距離欣賞。「好漂亮啊。」她喵了一聲：「凱蒂，你不覺得它亮晶晶的嗎？」

皮皮更靠近了些，樹枝也因為她的重量而逐漸彎曲。

「沒錯，我也這麼覺得……但我想你最好還是趕快從那棵樹上下來！」凱蒂迅速爬上長椅，用手扶住那根彎彎的樹枝。

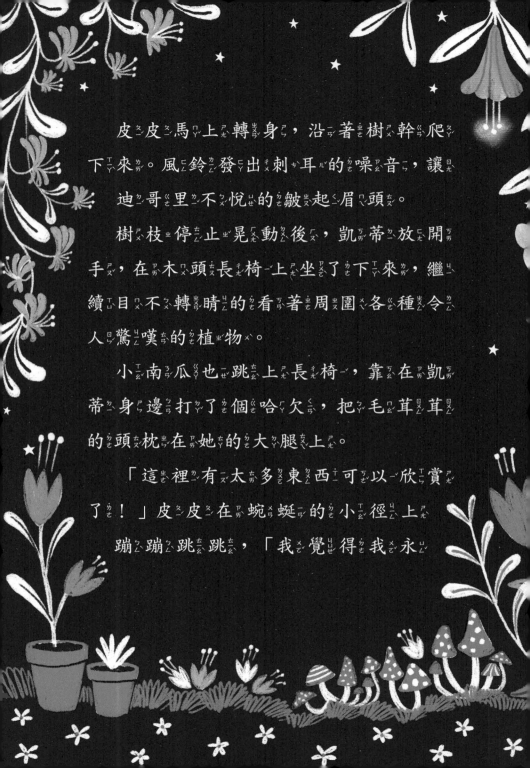

　　皮皮馬上轉身，沿著樹幹爬下來。風鈴發出刺耳的噪音，讓迪哥里不悅的皺起眉頭。

　　樹枝停止晃動後，凱蒂放開手，在木頭長椅上坐了下來，繼續目不轉睛的看著周圍各種令人驚嘆的植物。

　　小南瓜也跳上長椅，靠在凱蒂身邊打了個哈欠，把毛茸茸的頭枕在她的大腿上。

　　「這裡有太多東西可以欣賞了！」皮皮在蜿蜒的小徑上蹦蹦跳跳，「我覺得我永

遠不會對這裡感到厭倦。」

「我真的很不想離開，但是我猜時候已經不早了。」

凱蒂問：「我們明天可以再過來這裡嗎？我還想為學校花園的設計競賽，尋找更多靈感。」

迪哥里點點頭，「我都忘記為訪客導覽這座花園，是件多麼愉快的事了。凱蒂，歡迎你們再來拜訪！」

「謝謝你！」凱蒂對他露出微笑，「明天見。」

皮皮、小南瓜和凱蒂穿過白樺樹的拱門，返回原路。在爬上逃生梯之前，凱蒂回頭看了天空花園最後一眼。

夜風輕拂過花園，樹葉沙沙作響，向日葵也跟著搖曳擺動。

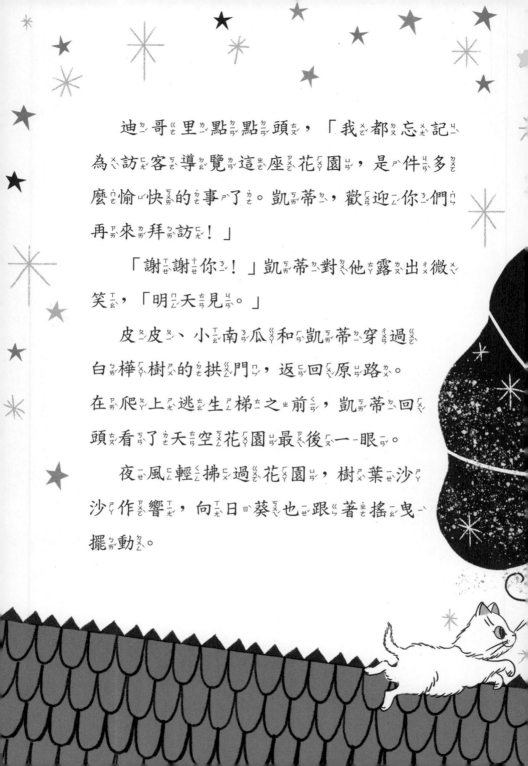

風鈴在月光下搖擺著，閃耀迷人的光芒，演奏出美妙的旋律。

凱蒂身手矯健的在屋頂上奔馳，跑回家中上床睡覺。一路上，風鈴那奇妙的聲音，在她的腦海中不停迴盪著。

3

隔ㄍㄜˊ天ㄊㄧㄢ晚ㄨㄢˇ上ㄕㄤˋ，月ㄩㄝˋ亮ㄌㄧㄤˋ剛ㄍㄤ升ㄕㄥ起ㄑㄧˇ不ㄅㄨˋ久ㄐㄧㄡˇ後ㄏㄡˋ，凱ㄎㄞˇ蒂ㄉㄧˋ房ㄈㄤˊ間ㄐㄧㄢ的ㄉㄜ˙窗ㄔㄨㄤ戶ㄏㄨˋ傳ㄔㄨㄢˊ來ㄌㄞˊ輕ㄑㄧㄥ輕ㄑㄧㄥ的ㄉㄜ˙敲ㄑㄧㄠ打ㄉㄚˇ聲ㄕㄥ。凱ㄎㄞˇ蒂ㄉㄧˋ微ㄨㄟˊ笑ㄒㄧㄠˋ著ㄓㄜ˙打ㄉㄚˇ開ㄎㄞ窗ㄔㄨㄤ戶ㄏㄨˋ，「嗨ㄏㄞ，皮ㄆㄧˊ皮ㄆㄧˊ！你ㄋㄧˇ今ㄐㄧㄣ晚ㄨㄢˇ來ㄌㄞˊ得ㄉㄜ˙可ㄎㄜˇ真ㄓㄣ早ㄗㄠˇ。」

皮ㄆㄧˊ皮ㄆㄧˊ跳ㄊㄧㄠˋ了ㄌㄜ˙進ㄐㄧㄣˋ來ㄌㄞˊ，「因ㄧㄣ為ㄨㄟˋ我ㄨㄛˇ快ㄎㄨㄞˋ等ㄉㄥˇ不ㄅㄨˋ及ㄐㄧˊ了ㄌㄜ˙！我ㄨㄛˇ們ㄇㄣ˙現ㄒㄧㄢˋ在ㄗㄞˋ要ㄧㄠˋ出ㄔㄨ發ㄈㄚ去ㄑㄩˋ天ㄊㄧㄢ空ㄎㄨㄥ花ㄏㄨㄚ園ㄩㄢˊ

了ㄌㄜ嗎ㄇㄚ？」

「當ㄉㄤ然ㄖㄢˊ！那ㄋㄚˋ地ㄉㄧˋ方ㄈㄤ太ㄊㄞˋ美ㄇㄟˇ了ㄌㄜ。」凱ㄎㄞˇ蒂ㄉㄧˋ轉ㄓㄨㄢˇ身ㄕㄣ看ㄎㄢˋ向ㄒㄧㄤˋ躺ㄊㄤˇ在ㄗㄞˋ床ㄔㄨㄤˊ上ㄕㄤˋ的ㄉㄜ小ㄒㄧㄠˇ南ㄋㄢˊ瓜ㄍㄨㄚ，他ㄊㄚ用ㄩㄥˋ他ㄊㄚ那ㄋㄚˋ有ㄧㄡˇ著ㄓㄜ黑ㄏㄟ色ㄙㄜˋ條ㄊㄧㄠˊ紋ㄨㄣˊ的ㄉㄜ尾ㄨㄟˇ巴ㄅㄚ，環ㄏㄨㄢˊ繞ㄖㄠˋ著ㄓㄜ自ㄗˋ己ㄐㄧˇ橘ㄐㄩˊ色ㄙㄜˋ的ㄉㄜ小ㄒㄧㄠˇ肚ㄉㄨˋ子ㄗˇ，「小ㄒㄧㄠˇ南ㄋㄢˊ瓜ㄍㄨㄚ，你ㄋㄧˇ準ㄓㄨㄣˇ備ㄅㄟˋ好ㄏㄠˇ要ㄧㄠˋ出ㄔㄨ發ㄈㄚ了ㄌㄜ嗎ㄇㄚ？」

小ㄒㄧㄠˇ南ㄋㄢˊ瓜ㄍㄨㄚ伸ㄕㄣ了ㄌㄜ伸ㄕㄣ他ㄊㄚ的ㄉㄜ前ㄑㄧㄢˊ掌ㄓㄤˇ，打ㄉㄚˇ了ㄌㄜ個ㄍㄜ哈ㄏㄚ欠ㄑㄧㄢˋ，「我ㄨㄛˇ早ㄗㄠˇ就ㄐㄧㄡˋ準ㄓㄨㄣˇ備ㄅㄟˋ好ㄏㄠˇ了ㄌㄜ。我ㄨㄛˇ只ㄓˇ是ㄕˋ小ㄒㄧㄠˇ『咪ㄇㄧ』了ㄌㄜ一ㄧˊ下ㄒㄧㄚˋ！」

凱蒂穿上她的超能英雄裝，接著和皮皮一起爬出窗外，躍上屋頂。微風吹亂了凱蒂的頭髮，她的斗篷也被吹得在腳邊翻飛。

天上的星星就像微小的火花，一顆接著一顆在逐漸變黑的夜空中出現。

小南瓜一面打著哈欠，一面跟在凱蒂身後爬了上來。

皮皮跑到屋頂邊緣，興奮的嗅了嗅空氣，「走吧，我們別浪費時間！」

凱蒂跳上了隔壁的大樓，斗

篷在身後飛舞。小南瓜和皮皮則跟在她後面，一起沿著屋頂奔跑，俯瞰下方寧靜無聲的街道。

他們再次路過凱蒂學校後方的空地，凱蒂發現有一堆油漆空罐被扔在垃圾箱裡。月亮從雲後現身，照得金屬罐子發出微光。

皮皮飛快前進，率先抵達了那棟有逃生梯的公寓大樓。

「皮皮，慢一點！」凱蒂笑著大喊：「你今天晚上跑得簡直跟獵豹一樣快！」

「我克制不住嘛！」皮皮的聲音從遠方傳來，「我興奮到想慢也慢不下來。」

這時，凱蒂突然停下腳步，用手握住逃生梯的欄杆。她之前一直忙著和皮皮跟小南瓜聊天，都沒有注意到從屋頂上傳來的各種嚎叫聲。

「凱蒂，你有聽到嗎？」小南瓜退縮了一下，「也許我們不應該上去。」

一聲刺耳的尖叫聲劃破了寧靜的夜晚，隨後是一陣狂野的笑聲。

一道寒意襲上凱蒂的脖子，「聲音好像是從天空花園傳來的！」她急忙爬上逃生梯，試圖追上皮皮。

皮皮正猶豫不決的站在屋頂邊緣，她雪白的尾巴不停來回擺動，耳朵也因為警戒而緊緊的向後貼著。

6

「皮皮，發生什麼事了？」凱蒂快速的跑上最後幾個臺階，走到頂端時，她驚訝的發現天空花園變得擁擠不堪，讓她整顆心都沉了下去。

花園裡到處都是貓咪——黑貓、白貓、橘貓、灰貓，還有虎斑貓……他們在石頭小徑上橫衝直撞，隨意踩踏花圃，還在灌木叢中互相追逐。

有三隻貓在攀爬白樺樹的拱門，幾根纖細的銀色枝條被折斷，掉到了地上。

迪哥里正來回踱步，頭直搖個不停，他的毛髮豎立，灰白色的鬍鬚不停顫抖。

「快給我下來！」他一下子對一隻在樹上的貓喵喵大叫，「把你的爪子從玫瑰花上拿開！」一下子又對另一隻貓咆哮。

皮皮的尾巴緊張的擺動著，她張大眼睛，震驚的四處張望。

「迪哥里，這是怎麼回事？」凱蒂大聲問：「這些貓是從哪裡來的？」

「我也不知道。這群貓已經來了好幾個小時，怎麼樣都不肯離開！」迪哥里氣沖沖的說：「他們把忍冬花架上的燈全扯下來，還踐踏了這麼多美麗的花朵。我就知道讓訪客進來是個錯誤！看到花園變成這樣子，拉維特夫人絕對會心碎的。」

「但他們為什麼會跑來這裡？我以為沒什麼人會真的來參觀這座花園。」凱蒂發現皮皮的耳朵低垂著，看起來非常內疚。「皮皮，你是不是向很多貓

咪說了這個地方的事？」

皮皮嗚咽著點點頭，「我真的很抱歉！親眼看過這座花園後，我實在是太開心了，就想告訴大家它有多棒。我還跟他們說，在這裡看守的貓一點都不可怕！沒想到他們會一窩蜂全跑來，把花園弄得一團糟。」

迪哥里悲傷的搖搖頭，「我能怎麼辦呢？這群貓根本不理我。大部分的貓都在貓薄荷叢中打滾，不管我說什麼，都阻止不了他們荒唐的行為！」

「迪哥里，真的很抱歉！我們會在情況變得更糟之前，讓這群貓趕快離開。」凱蒂向他道歉，接著嚴厲的瞪了皮皮一眼，「皮皮，你去保護好貓薄荷叢，不要讓其他貓咪靠近。小南瓜和我會把他們聚集起來，送他們回家。」

凱蒂匆忙的走向一群正在花園長椅上爬來爬去的貓。她堅定的深吸一口氣，大聲說：「你們該離開了！以後除非迪哥里邀請你們，否則不要再來這座花園。」

她將一隻試圖躲在忍冬藤蔓

後方的小貓趕出藏身之處。

「你太霸道了！」小貓尖聲大叫。

這時，有一隻黑貓直直踐踏過一旁的春星花。「小心！那是花園主人最喜歡的花！」小南瓜大喊。

而在那棵掛著風鈴的樹上，有一隻體態圓潤、毛髮豐厚的灰貓正往樹幹上爬。

「哦，大家看看哪！『花園警察』來了！蠢女孩，你幹麼這麼大驚小怪？我們不過是在找點樂子啊。」灰貓用冷酷的藍眼睛盯著凱蒂，他伸了伸鋒利的爪子，樹枝搖晃起來，讓風鈴發出了尖銳刺耳的聲音。

「你們的樂子就快要把這座花園毀了！」凱蒂說：「請不要破壞那個風鈴，它非常珍貴！」

那隻胖胖的灰貓注視著風鈴，然後打了個哈欠，露出尖利的牙齒。

「你不能獨占這麼特別的地

方，那樣太自私了！」他說完便開始整理起自己長長的毛髮。

「嘿，杜克！」一隻嬌小的三花貓大喊：「過來試試這個貓薄荷。」

灰貓向那隻貓揮揮前掌，接著轉向凱蒂，「你不覺得你應該稍微學著分享嗎？如果不分享的話，你可能會非常、非常後悔！」

凱蒂皺起眉頭，「後悔？你是什麼意思……」她突然打住，趕緊跑去幫助正在努力保護貓薄荷叢的皮皮。

「你們最好趕快離開。」凱蒂對貓群說：「要是等一下花園主人出現，你們可就要惹上大麻煩了。」

「好了，遊戲時間結束！」杜克從掛著風鈴的樹上爬下來，生氣的搖動他長長的鬍鬚。

他再次憤怒的瞪著凱蒂，然後走向屋頂的邊緣，彈了彈爪子，其他貓咪便低頭跟在他後面，嘴裡不滿的咕噥著。。

「這太不公平了！」小三花貓大聲抱怨，「在你們出現之前，我們玩得可開心了。」

凱蒂對那隻灰貓粗魯無禮的行為搖了搖頭。貓群一面對著彼此大吼大叫，一面踩踏過花圃，爭先恐後的擠向逃生梯。

費盡了好一番功夫，那群貓咪終於全都離開了。

環顧花園四周，凱蒂忍不住哽咽；昨晚這個地方看起來是那麼完美，但現在石頭小徑上，到處都是被踩過的花瓣和被撕碎的葉子。泥土上布滿貓爪的痕跡，斷裂的樹枝也散落一地。

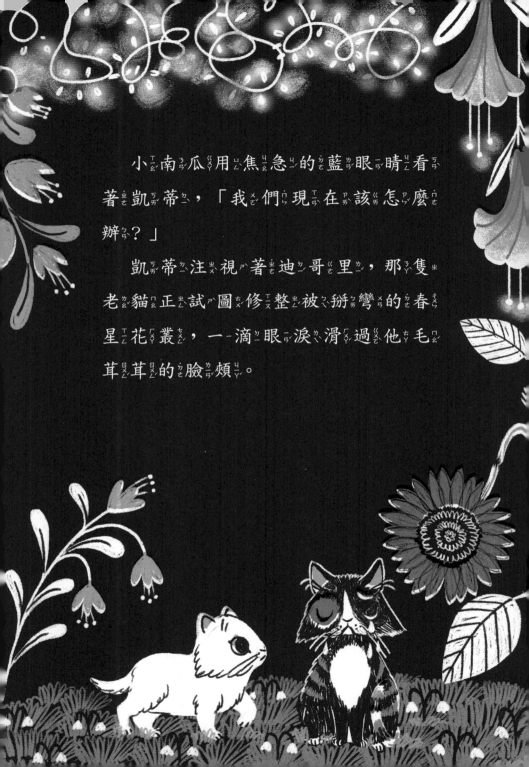

　　小南瓜用焦急的藍眼睛看著凱蒂，「我們現在該怎麼辦？」

　　凱蒂注視著迪哥里，那隻老貓正試圖修整被掰彎的春星花叢，一滴眼淚滑過他毛茸茸的臉頰。

凱蒂吞了吞口水，「我們要讓它恢復原狀！只要我們團結合作、一起努力，一定能讓這座花園回到原本美麗的樣子。」

凱蒂拍了拍手上的泥土，「我們必須在天亮前把花園整理好！不能讓拉維特夫人起床後，看到花園變成這個樣子。」

迪哥里搖搖頭，「我知道你們想幫忙，但一直以來都是夫人和

我在照顧這個花園的。」

　　凱蒂蹲在迪哥里旁邊，她看著他既疲憊又悲傷的表情，心也跟著沉了下去。「請讓我們幫忙！我保證我們都會盡力，直到花園重新變得美麗為止。」

　　「我們可以先清理地上破碎的花朵和葉子。」小南瓜提議。

迪哥里皺了皺眉，「唔，好吧。我跟你們說掃帚在哪裡。」他帶著他們走向屋頂角落的一間棕色小屋。

凱蒂拿了一把耙子、一支掃帚和幾雙園藝手套。她沿著石頭小徑清掃，皮皮和小南瓜則撿起破碎的花梗，將它們丟進堆肥桶。

他們在花園裡來回奔跑，凱蒂的心不停怦怦跳；如果要在日出前完成清理工作，他們必須加快速度！

皮皮和小南瓜開始整理地上

的落葉。凱蒂則剪下玫瑰叢上垂萎的枝條，再用這些枝條將被扯掉的忍冬藤蔓，重新綁回拱門花架上。

向日葵的葉子全都低垂著，凱蒂一一為它們澆水滋潤；儘管有一株向日葵仍無法復原，但其他株看起來已經好多了。

「凱蒂，我們要怎麼處理這些？」小南瓜指著一排破碎的盆栽問。種在那些盆栽裡的紫色薰衣草，散發出濃濃甜美香氣，不過盆栽裡的土，全都從側邊撒了出來。

「我們這裡沒有多的花盆。」
迪哥里搖搖頭，「看來只能扔掉
那些薰衣草了。」

凱蒂眼中閃爍堅定的光芒，
「這些花太漂亮了，不能就這
麼丟掉！我們只要從其他地方，
再找來幾個花盆就可以了。」

她迅速跑向逃生梯，對著迪哥里大喊：「別擔心，我們很快就會回來！」

小南瓜跟在凱蒂後面，皮皮也緊跟在後。

「凱蒂，我們現在要去哪？」皮皮搖著她蓬鬆的白尾巴，「商店都關門了，得等到明天早上才能買到新的花盆。」

「我知道，但那就太遲了！」凱蒂煩惱的揉了揉額頭，「也許還有其他可以用的東西，我們先到處找找看吧。」

她跳到隔壁屋頂，爬下排水管，小心的穿越馬路，接著停在一排剛蓋好的房屋旁邊。

看見那裡有一堆油漆空罐，就放在建築工地的垃圾箱裡，凱蒂腦中閃過一個點子。

她拿起油漆罐逐一檢查，「這些罐子很乾淨，大小也剛剛好！我覺得把花放進去會很漂亮！」

「這主意真棒！」小南瓜喵喵附和。

皮皮跳上垃圾箱,「那個水桶怎麼樣?喔,這裡還有一雙紅色的雨靴,把花草種在裡面,應該會很好看吧?」

「它們看起來棒極了！」凱蒂臉上滿是笑容，「各種回收物都能當成花盆使用。」

她先是撿起水桶和舊靴子，把它們帶回天空花園，再折返回去拿那些油漆空罐。

凱蒂盡可能迅速的將土壤填入每個容器，接著一一把花給種進去。

　　薰衣草在油漆罐中綻放，黃色鬱金香從紅色的舊雨靴中探出頭來。

　　有隻蛾在空中飛舞，然後停在一朵鬱金香上，輕輕擺動小巧的銀色翅膀。

　　凱蒂將地面清掃完畢後，爬
上拱門花架，把燈串重新掛好。
接著用耙子清理花圃，去除所
有殘留在土上的爪印。

　　小南瓜和皮皮也將石頭小徑
上的落葉全都打掃乾淨。凱蒂
興奮的環顧四周，他們成功在日
出前，完成了復原花園的任務！

　　皮皮和小南瓜坐在長椅上
稍稍休息，凱蒂則跑去找迪哥
里。

　　這隻三花貓正坐在一個裝滿
水的石盆旁，凝視月亮在水面
漣漪中的倒影。

他哀傷的看著凱蒂說：「我想，光是打掃乾淨，還是不能真正彌補所有的損壞。」

「確實不能，但我們已經替換掉破碎的花盆，也把所有的花都重新種過了。看起來真的很棒，你得快來瞧瞧！」

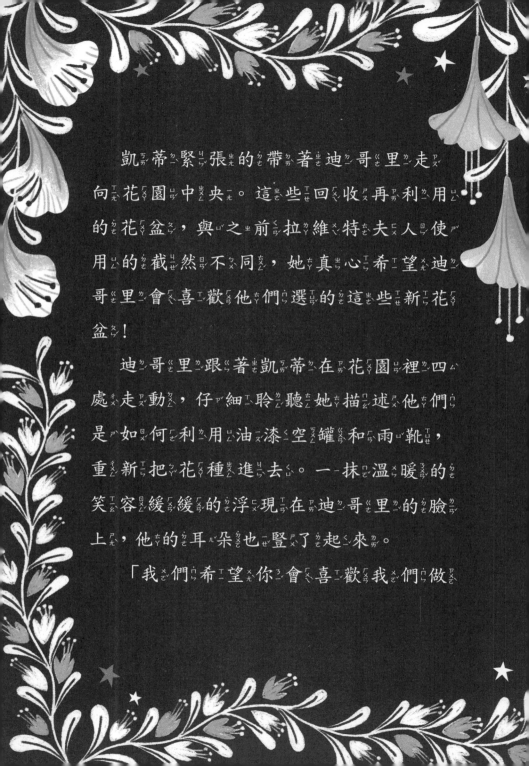

　　凱蒂緊張的帶著迪哥里走向花園中央。這些回收再利用的花盆，與之前拉維特夫人使用的截然不同，她真心希望迪哥里會喜歡他們選的這些新花盆！

　　迪哥里跟著凱蒂在花園裡四處走動，仔細聆聽她描述他們是如何利用油漆空罐和雨靴，重新把花種進去。一抹溫暖的笑容緩緩的浮現在迪哥里的臉上，他的耳朵也豎了起來。

　　「我們希望你會喜歡我們做

的這一切。」凱蒂靦腆的說：
「但如果你不喜歡，我們可以再把它們種回去。」

「不，不用！」迪哥里告訴她：
「出乎我的意料，這些再利用的花盆看起來真的很不賴。」

「這全都是凱蒂的主意！」小南瓜在一旁補充。

凱蒂拍掉手上的泥土，她無法擺脫一種不對勁的感覺。這座花園似乎不再那麼充滿魔力，花朵也不再像以前那樣，朝花園中心傾斜了。

迪哥里蹣跚的走向花園的長椅，就在這時，一陣風吹過了屋頂，讓椅子後面的樹木晃動起來。

他全身一僵，死命盯著那些長長的樹枝。「不！不見了！」突然間，迪哥里高聲大叫：「樹上的風鈴不見了！」

凱蒂倒抽了一口氣，凝視著如今空蕩蕩的樹枝。

那個美麗的風鈴究竟到哪兒去了呢？

「等等！也許它只是掉到地

上了。」皮皮跳下長椅，開始在灌木叢中尋找。

小南瓜也進到灌木叢裡，加入尋找風鈴的行列。

凱蒂則爬到樹上，確認風鈴是否懸掛在其他樹枝上，只是被樹葉遮住了。

「肯定是某一隻頑皮的貓把它拿走了。」凱蒂下了結論。

「或許我們能像剛剛那樣，用回收的舊東西再做一個新的風鈴？」小南瓜滿懷希望的提議。

「那是行不通的！」迪哥里喵喵大叫：「它可不是普通的風鈴，而是拉維特夫人用她小時候收集的貝殼親手製作的，它的魔法正來自夫人製作時灌注的愛與心意。如果失去它，我想花園就不可能再綻放出像以前一樣的光彩了。」

凱蒂凝視整座著天空花園——花朵失去了明亮的色澤，樹木在風中發出沙沙聲，向日葵也垂頭喪氣的。

花園的魔法消失了，就像被雲遮住的月亮一樣。

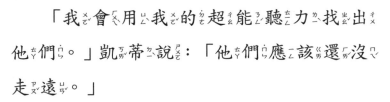

「全都是我的錯！」
皮皮用顫抖的聲音說：
「是我把花園的事情告訴了那群不負責任的貓咪。」

「我會用我的超能聽力找出他們。」凱蒂說：「他們應該還沒走遠。」

「請務必小心。」迪哥里說：「天曉得那些野貓還會做出什麼事！」

「別擔心！我們以前也經歷過幾次棘手的冒險任務。」凱蒂說：「我們會搜遍整座城市，直到找回風鈴為止！」

5

凱ㄎㄞˇ蒂ㄉㄧˋ在ㄗㄞˋ屋ㄨ頂ㄉㄧㄥˇ上ㄕㄤ奔ㄅㄣ跑ㄆㄠˇ，拼ㄆㄧㄣ命ㄇㄧㄥˋ尋ㄒㄩㄣˊ找ㄓㄠˇ風ㄈㄥ鈴ㄌㄧㄥˊ的ㄉㄜ˙聲ㄕㄥ音ㄧㄣ。

一ㄧˋ開ㄎㄞ始ㄕˇ她ㄊㄚ只ㄓˇ聽ㄊㄧㄥ到ㄉㄠˋ夜ㄧㄝˋ風ㄈㄥ呼ㄏㄨ嘯ㄒㄧㄠˋ作ㄗㄨㄛˋ響ㄒㄧㄤˇ，不ㄅㄨˊ過ㄍㄨㄛˋ突ㄊㄨˊ然ㄖㄢˊ間ㄐㄧㄢ，她ㄊㄚ聽ㄊㄧㄥ到ㄉㄠˋ了ㄌㄜ˙很ㄏㄣˇ微ㄨㄟˊ弱ㄖㄨㄛˋ的ㄉㄜ˙叮ㄉㄧㄥ噹ㄉㄤ聲ㄕㄥ。

「皮ㄆㄧˊ皮ㄆㄧˊ！小ㄒㄧㄠˇ南ㄋㄢˊ瓜ㄍㄨㄚ！我ㄨㄛˇ想ㄒㄧㄤˇ我ㄨㄛˇ找ㄓㄠˇ到ㄉㄠˋ

84

了。」她翻了一個筋斗，跳到另一座屋頂上。

凱蒂奮力奔跑，竭盡所能的捕捉遠方風鈴的輕微聲響。最後，她跟著聲音來到兩棟高樓之間的小巷。

她悄悄移動到屋頂邊緣，蹲在排水管旁邊，轉身對著後來追上的皮皮和小南瓜，用手指示意他們保持安靜。

有一群貓聚集在他們下方的小巷中，凱蒂認出其中許多隻貓，都是今天晚上她在天空花園曾經見過的貓咪。

那群貓圍在那隻鬍鬚下垂、名叫杜克的胖貓身邊。

他正高舉著風鈴，銀色貝殼在月光下閃爍著光芒。

「聽好了！」杜克粗暴的搖晃著風鈴，「我已經受夠了你們的叨叨嚷嚷，全都給我閉嘴。」

「但是杜克！」一隻高大的橘貓發起牢騷，「是我把那個晃來晃去的玩意兒從天空花園偷出來的，所以應該要交給我保管才對。」

「不！應該要給我才對！把它一路從排水管帶下來的人可是我耶。」一隻黑貓抱怨，「要是換成你，肯定會在某個地方就弄丟了。」

「我才不會！」橘貓惱怒的回嘴。更多的貓加入戰局，大家一起喵喵大叫，咒罵聲此起彼落。

「夠了！」杜克大吼：「如果你們無法達成共識，那我們乾脆把它拆了，各分一小塊算了。」

凱蒂驚訝的倒抽了一口氣。那隻貓竟然打算拆了那個神奇的風鈴？如果沒有它，天空花園就不可能再回到從前充滿魔法的樣子了。她絕對不允許這種事情發生！

「凱蒂，我們該怎麼辦？」小南瓜小聲問。

　　「交給我吧！」凱蒂低聲回答：「我要下去巷子裡。」

　　杜克開始將貝殼一個個從綁繩上拆下來，隨手扔給他的跟班們。

　　凱蒂望著下方的小巷，心跳急促無比。她距離地面還很遠，但是她相信自己的超能力會幫助她的。

　　她站在屋頂邊緣，讓自己保持平衡，接著用雙手攤開她的斗篷，勇敢一跳，俯衝而下。

「貓咪超能力！」凱蒂大喊一聲，斗篷一展，減緩了她的下墜速度。

她輕巧的降落在杜克面前，一手撐在小巷的牆上，穩住身體。

「你們看！」杜克冷笑，從風鈴上拆下貝殼的手卻沒有停下，「這不是把我們趕出天空花園的傻妞嗎？」

「把貝殼還給我！」凱蒂大喊：「如果少了風鈴，天空花園就不再是原本的天空花園了。」

「那你可真不走運啊！」杜克邪惡的笑著，將一個貝殼扔給一隻黑貓，「蒙戈，接好了。」

「住手！」凱蒂一躍而起，盡可能伸長了手，但貝殼還是從她頭頂飛過。

杜克笑得更厲害了，繼續將更多貝殼扔向空中。

凱蒂接住了一個貝殼，但錯過了另一個，只好追起那隻逃往小巷深處的大橘貓。

「凱蒂，我們來幫你了！」皮皮和小南瓜沿著排水管爬了下來。於是，凱蒂、皮皮和小南瓜全都開始追著貓群跑。

凱蒂飛快的來回奔跑、翻滾著，伸手接住那些銀色的貝殼。她的口袋很快就塞滿了，但杜克仍繼續從風鈴上拆下更多貝殼。

「凱蒂，貓太多了，貝殼也太多了！」小南瓜氣喘吁吁的說。

凱蒂停下來喘口氣，她眼泛淚光的看著風鈴上空空的綁繩。美妙的叮

噹聲不再，巷子裡只剩下呼嘯的風聲和杜克的笑聲。

「你以為你能打敗我們，是嗎？」杜克得意洋洋的說：「但你的速度沒有快到能追上我們所有貓！」

凱蒂絕望的看著分散在小巷各處的貓群，突然間，她發現其中幾隻貓正眉頭緊蹙的搖晃著貝殼，還有一隻貓在牆上敲打他的貝殼。

「貝殼不會發出聲音了！」那隻大橘貓抱怨。

「可惡的貝殼！」另一隻黑貓罵著：「那叮叮咚咚的聲音呢？」

凱蒂搖了搖頭，「貝殼只有在全都串在一起時，才會發出聲音，單獨搖動是沒用的！我們得把貝殼重新串回繩子上。」

一群貓咪猶豫不決的你看我，我看你。「別理她！」杜克咆哮，但凱蒂還沒說完。

她發現自己吸引了貓群的注意，於是跳上一個垃圾桶，讓所有貓咪都能看到她。她必須讓他們明白才行！

「聽我說，我知道要求你們離開花園，讓你們非常生氣。」凱蒂繼續說：「不過我不是什麼傻妞，你們在樹上和花圃裡胡

鬧，確實也是不對的行為……但或許，我們可以找到一個和平共享那座花園的方式。」

幾隻貓竊竊私語，點著頭。

皮皮的耳朵豎了起來，她低聲說：「凱蒂，繼續說！我覺得他們終於開始認真聽話了。」

「你們何不跟我一起回去呢？」凱蒂提議：「如果你們都能好好向管理花園的迪哥里道歉，並歸還那些貝殼，我會跟他商量，讓你們再次拜訪花園。」

「好個愚蠢到家的主意！」杜克嘲笑著，「接下來你該不會打算讓我們對著月亮唱歌吧？」

97

其他貓咪聚在一起，低聲交談，喵聲不斷。

「喂！」杜克的鬍鬚抖動起來，「你們這麼容易上當嗎？」

最後，一隻歪耳的虎斑貓走向凱蒂，「我們會跟你一起回去，把這些貝殼物歸原主。」

「太好了！」凱蒂露出燦爛的笑容，握住虎斑貓的前掌，「我叫凱蒂。其他也想採取正確行動的貓咪，跟我來吧。動作快一點的話，日出前我們就能回到天空花園了。」

於山是户，一一群总貓品咪只跟《著是凱彩蒂么穿義
過《巷云子户，躍出上是了是屋×頂么。

他左們只穿義梭各在界煙目囪玄之生間是時户，聽意
到紧杜久克表對各他左們只大久聲是嚷品嚷品：「你三們只
真是户蠢多斃公了是！貓品本只來多就多

該野蠻又頑皮，本來就該隨心所欲！」

「杜克，閉嘴！」那隻虎斑貓對著下方大喊：「你只是因為我們不再照著你的話做，惱羞成怒而已。」

後來，凱蒂先登上了天空花園的屋頂，她舉起手示意貓群等待。她匆忙走過石頭小徑，找到了獨自坐在長椅上，悶悶不樂、凝望著星星的迪哥里。

「那群貓咪來為他們造成的麻煩道歉了。」凱蒂對迪哥里說。

老貓沉下了臉，「那些傢伙做了這麼多的壞事，我真不敢相信他們居然還有臉出現在這裡！」

「我知道他們之前是真的搗蛋過頭了，但他們現在已經知道自己不對。而且你不是說過，偶爾有些訪客來花園，其實挺不錯的？」凱蒂發現迪哥里彷彿正在考慮般，輕輕動了一下尾巴。

「他們手上有風鈴的所有貝殼，如果你還有備用的繩子，我們很快就能修好風鈴了。」她接著說。

迪哥里的耳朵立刻豎了起來，「小屋裡有一些繩子，我馬上去拿過來！」

6

凱蒂帶領貓群登上屋頂，他們排成一列，沿著石頭小徑站好。眾貓東瞧西望，指著花朵和新的盆栽，彼此低聲交談。

「凱蒂，這些都是你做的嗎？」大橘貓問：「看起來真不賴。」

「我的朋友，皮皮和小南瓜也有幫忙，」凱蒂回答。

迪哥里帶了一些綠色的粗繩子回來，那隻有著歪耳的虎斑貓走上前，一臉懊悔。「我很抱歉我破壞了你的花園。」她喵喵說：「我的行為不只惡劣，還很自私，我保證再也不會做這樣的事了。」

迪哥里點點頭，拿起她歸還的貝殼，綁在第一條繩子上。

接著每隻貓輪流上前道歉，並將自己的貝殼綁到繩子上。

沒過多久，五條長長的繩子便掛滿了美麗的銀色貝殼。

迪哥里將貝殼整理完畢後，他長滿鬍鬚的臉，憂慮得皺了起來，「凱蒂，還是少了中間那顆讓風鈴發出聲音的貝殼。」他不安的說。

「那顆貝殼在杜克手上，我相信他隨時會過來的。」凱蒂在背後比出祈求好運的手勢，暗自祈禱自己的預感是正確的，希望杜克很快就會帶著缺少的那一顆貝殼出現！

迪哥里耐心的坐在長椅上等待，其他貓咪圍在他身邊，凝視迪哥里握著的那一串串在夜風中旋轉搖曳的貝殼。

皮皮和小南瓜跑到屋頂的邊緣，望著下方的街道。

「我沒看到有任何貓影朝這邊過來。」皮皮傷心的大聲說。

「不，等等！」小南瓜開心的轉了幾圈，「是杜克！他正爬上逃生梯。」

凱蒂屏住呼吸，注視著那隻圓滾滾的灰貓爬上屋頂。

杜克不好意思的撫摸著自己的鬍鬚，清了清喉嚨，「我……我感到很抱歉，造成了這麼多麻煩。」

他向迪哥里道歉，尾巴垂了下去，「你的花園太棒了，我不應該魯莽的闖進來，把它弄得亂七八糟。」

迪哥里皺起眉頭，從杜克的爪中接過貝殼，「唔，我們都難免會犯錯。」他不疾不徐的說：「也許我本來就該早點邀請訪客來這裡。如果你們答應會守規矩，走在石頭小徑上，不破壞任何植物，那麼……歡迎你們來玩。」

杜克不禁興奮的拍起前掌，接著努力裝作若無其事的樣子，「當然，我保證會遵守所有規定！現在花園重新整理好了，看起來真漂亮。」

迪哥里仔細的把最後一顆貝殼綁在風鈴的繩子上。

接著，凱蒂爬上長椅後方的樹，小心翼翼的將風鈴掛在一根長樹枝上。

所有貓咪都等在一旁，注視著她的一舉一動。

片刻的寂靜過後，貝殼風鈴隨著一陣掠過屋頂的微風擺動了起來。

風鈴輕柔的叮噹作響，大家全都興高采烈的歡呼。

迪哥里這才露出了大大的笑容，「這個夜晚真是充滿驚喜。凱蒂，謝謝你讓我發現我有多麼想念有訪客到訪的感覺。」

他從長椅上爬了下來，「現在我最好跟平常一樣，來澆花了。」

「你為何不坐下來，好好休息呢？這些雜事交給我們來做就好。」杜克拍拍前掌，「大夥兒，來吧，把水壺裝滿！」

凱蒂和迪哥里一起坐在長椅上，看著杜克和其他貓咪開始忙碌起來。皮皮則在小徑上奔走，對其他貓咪描述他們拯救花園的一切經過。

「凱蒂，你有想到什麼設計學校花園的好點子了嗎？」小南瓜跳上長椅。

凱蒂凝視著天空花園，「我肯定會使用回收再利用的花盆，還要種很多很多的向日葵！」

　　小南瓜依偎在她身旁，「今天晚上好忙啊！我現在好想睡覺。」

　　凱蒂也微笑著打了個哈欠，「我也是！但是我很高興我們又有了一次精采的冒險，還結交了許多很棒的新朋友！」

在學校花園裡

凱蒂的第一朵向日葵

凱蒂、小南瓜和迪哥里

凱蒂的獎品

凱蒂獲得第一名

迪哥里♡

超能貓咪
小學堂

飛毛腿

貓咪碰上狗會咻一下的溜走。你看過這場景嗎？看過的話，
就能了解貓咪跑得超快，速度可達一小時四十八公里！

順風耳

貓咪的聽力敏銳無比，還能轉動雙耳，偵測聲音從哪裡來。
再微弱的聲音，都逃不過貓咪的耳朵！

瞬間反射

你聽說過貓咪著地時，一定是穩穩的四腳著地嗎？
據說這是因為貓咪有很敏捷的反射力，從高處掉
下來的時候，瞬間就能反應過來，知道該怎麼調
整姿勢，才能安全落地。

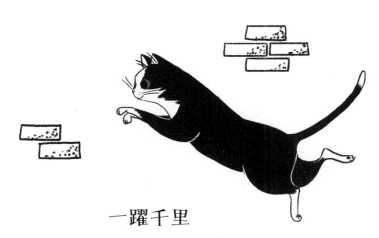

一躍千里

貓咪一跳，距離可超過兩百四十公分。這是牠們強壯的後腿肌肉的功勞。

千里眼

貓咪夜視能力超強，即便光線微弱，牠們也能看得一清二楚，所以才能在黑漆漆的夜晚狩獵。

好鼻師

貓咪的嗅覺超靈敏，敏銳度是人類的十四倍。而且，貓咪的鼻紋就像人類的指紋一樣，每隻貓的鼻紋都是獨一無二的。